La neige magique

Deirdre Gill
Texte français de Josée Leduc

Éditions **SCHOLASTIC**

Le monde est rempli de choses magiques
qui attendent patiemment
que nos sens s'aiguisent.
— W. B. Yeats

Catalogage avant publication de Bibliothèque et Archives Canada

Gill, Deirdre
[Outside. Français]
La neige magique / Deirdre Gill, auteure et illustratrice ; texte
français de Josée Leduc.

Traduction de : Outside.
ISBN 978-1-4431-4505-3 (couverture souple)

I. Titre. II. Titre : Outside. Français

PZ7.G39Ne 2015   j813'.6   C2015-901410-7

5 4 3 2 1   Imprimé en Chine 38   16 17 18 19 20

Le texte a été composé avec la police de caractères Stempel Garamond.
Les illustrations ont été réalisées avec de la peinture à l'huile sur papier.

FSC
www.fsc.org

MIXTE
Papier issu de
sources responsables
FSC® C101537

Pour Jason

Dehors, tout est silencieux. La neige tombe doucement sur la maison.

Dedans, un petit garçon s'ennuie.

Alors, il enfile son manteau,

met ses bottes,

enroule un foulard deux
fois autour de son cou

et sort de la maison.

POOOUF!

Il se laisse tomber dans la neige molle

et regarde le ciel.

— Viens jouer dehors! dit-il
à son frère.

Mais son frère ne veut pas sortir.

Alors, le petit garçon se met à
faire rouler une boule de neige...

qui grossit...

de plus en plus.

Quand il ne peut plus
la faire rouler,

il commence à construire
un bonhomme de neige.

Il joue...

et construit encore,
jusqu'à ce que...

son château soit parfait.

Soudain, un dragon arrive.

Ensemble, le garçon et le dragon
volent au-dessus des arbres

et au-dessus de la maison.

Ils survolent même le village.
Le monde en bas semble tout petit.

À la tombée du jour,
le garçon sait qu'il doit retourner dans la forêt...

et rentrer à la maison...

mais pas avant d'avoir joué avec son frère

dans la neige magique!